كتاب

عيادة الموتى

كتاب حكيم

د. جُمان الريحاني

إهداء..

إهداء إلى صاحبة العيادة

والتي بدورها

تهدي هذا الكتاب إلى كل من زار العيادة

إهداء إلى الفلاسفة والملوك وقادة الزمان

إهداء إلى من يؤمن بالأفكار والى من يؤمن بالحوار

إهداء إلى من يؤمن بالأجساد ويؤمن بالأرواح

جمان الريحاني

عيادتي..

في زمن من الأزمان كنت طبيبة نفسانية، وكان لي عيادة في الطابق الثاني، في بناية وسط مدينة منهاتن.

الشارع لم يكن مزدحما، رغم الحياة السريعة في منهاتن ولكنني كنت أحب بنايتي كثيرا، وخاصة أنه لم يكن هناك الكثير من السكان، وأنا في العادة أحب الهدوء.

المنظر من نوافذ الشقة رائع، ويمكنني رؤية الشروق حين تشرق الشمس، حقا يمكنني رؤيته بالكامل إذا صعدت إلى سطح البناية، ولكن بعض الشروق أيضا يمكن رصده من النافذة بين البنايات، هناك على طول الشارع.

كان يزورني في العيادة الأموات من أجل العلاج والفضفضة، وقص الحكايات، وأحيانا مشاركتي الأحلام التي كانت لديهم والأمنيات، وأيضا أسرارهم

كانت الدكتورة **جوانا آرثر** تقول عن عيادتها وتصفها بالكلمات المترادفة في السطور التالية وتقول:

عيادتي مريحة.، وبها غرفة ليست كثيرة الإضاءة، فزوار عيادتي يفضلون الجلوس في غرفة قليلة الإضاءة وخاصة أن الضوء الاصطناعي يؤذي العيون كثيرا، وهم لا يزورونني إلا ليلا، لذا فأنا اجعل الضوء في الرواق، وهناك نافذة داخلية للغرفة على الرواق يدخل منها ضوء جيّد، وأخففه أيضا باستعمال الستائر الخفيفة.

هناك زوار يحبون الضوء الأخضر، وآخرون يحبذون الضوء الأحمر والقليل جدا من يستطيعون أن يتأقلموا مع الضوء الأصفر، ولا يوجد من يحب الضوء الأبيض، وهذا ما جعلني أضع في الرواق ضوءين أحمر وأخضر وفي تواجد من يجب الضوء الأخضر كان هو المستعمل، والأمر نفسه بالنسبة للضوء الأحمر.

وهناك أيضا العديد من اللمبات الموزعة في أركان الغرفة، وخاصة في الأركان وبالقرب من كنبة الجلوس، وأيضا على مكتبي وعلى يميني وأنا جالسة.

أنا احتاج الضوء بجانبي، من أجل تدوين بعض الملاحظات أحيانا.

كما أن هناك ضوء فوق مكتبتي الصغيرة والجميلة من أجل أنني أحيانا ألجأ إلى بعض الكتب والقواميس، لفهم بعض الكلمات ولترجمة أيضا بعض الألفاظ التي

يقولونها لي، فأحيانا لا يستطيعون أن يعبروا عن إحساس عميق، إلا بلفظة من لغتهم إلام.

وأنا لا أمانع خاصة وأن لي إلماما بعدد من اللغات، وأحب البحث، وتعلم مفردات جديدة، وأحب أن يكون من هو أمامي مرتاحا ويعبر عما بداخله، ولو بلغته فذلك يجعل وصفه لإحساسه أعمق، وبالنسبة لي وله أصدق.

أنا أحب عملي كثيرا..، وإن كان يراه البعض غريبا، ولكن هذه أنا، وهذه هي طبيعة عملي، وليس لي عمل غيره، لذا لا أهتم لأراء غير مبررة..

كل مساء أفتح باب عيادتي للزوار، لأن زواري لا يطرقون الباب، كما أنهم يأخذون مواعيد، ولا يتأخروا عنها أبدا..

كل مساء أجد أحد زبائني أو مرضاي جالسا على الكنبة في غرفة المعاينة، والتي هي نفسها غرفة

المكتب، والتي هي غرفة واسعة، ولها نوافذ كثيرة على الشارع، وأيضا نافذتان داخليتان تطلان على الرواق..

ومع اقتراب الساعة العاشرة أجهز كل أموري وأكون قد جهزت نفسي طبعا، أنا لا أحتاج أن أرتدي القميص الأبيض، ولا أحب أن يشعر زبائني بعدم الراحة بجو المستشفيات وشكل الأطباء الذي لا يكون مريحا لبعض الزبائن.

أستعد لاستقبال أحد زواري، ومع الدقات الأخيرة للمنبه الكبير الذي على الجدار، والذي يعلمنا بأن الساعة هي العاشرة، أدخل مكتبي لأجد زائري هناك.

وهو جالس على الكنبة في انتظاري..

تفوح من مكتبي رائحة الشاي أو القهوة، لديّ في مكتبي براس فرنسية آلة لصنع القهوة، كنت قد اشتريتها عندما سافرت إلى باريس قبل عدة سنوات..

ولدي علبة من الشاي الأخضر الصيني، وعلبة من الشاي الأحمر الشرقي، أرسلت إلي كهدية من صديق لي من الجزيرة العربية.

جميلة هي الهدايا، حين تحمل معها جزء من المكان الذي جاءت منه، مثل الرائحة أو الطعم.

كل ضيف يحب رائحة ضيافة معينة، إلا أنني أقدم لهم الشاي أو القهوة، ولكن لم يرتشف أي منهم رشفة من كوبه أو فنجانه، إلا أنهم يحبون، حين أقدم لهم الضيافة كثيرا.

كانت لدي إحدى الزبائن التي تحب الورد الأحمر وهي تقول بأن له عطرا لا يستنشق بالأنف فقط، بل تشعر به البشرة، وقد كنت أجهز لها باقة أضعها في المزهرية الزجاجية التي أحبها، وقد اخترتها من بين الكثير من المزهريات من روما في إحدى رحلاتي إلى تلك المدينة الرومانسية الجميلة.

أنا أحب جلسات عيادتي وأحب زواري وأحب أن أدللهم، أعطي لكل منهم الوقت اللازم، لكي يرتاح ويشعر بالانفتاح، لكي يحكي كلما يجول بخاطره.

لقد كان هناك الكثير منهم من كان يريد أن يوصل فكرة إلى الجمهور، ولو بعد وفاته..

والكثير منهم يريد أن يقول كلمة أخيرة..

والكثير منهم يريد أن يقول ويكشف حقيقة ما، كان يفكر فيها.

لقد كان لكل منهم أسبابه للمجيء إليّ في العيادة، ولكل منهم أفكاره التي كان يريد أن يفصح عنها.

زواري لا يحبون الحيوانات، وقد كان لدي قطة اسمها روليتا لا تفارقني في سفري وترحالي، ولكن منذ أن فتحت العيادة أصبحت أرسلها في زيارات يومية إلى بيت أحد الجيران بشرط أن لا تتسلل من النافذة، فلو

فعلت لأزعجت المريض أو الزائر، أو ربما جعلت الجلسة تنتهي قبل موعدها.

أحيانا أطلق على من يأتي إلى عيادتي زائر، وهذا يأتي مرة أو مرتين فقط..

وأحيانا أطلق عليه مريضا، وهذا الذي يتردد على عيادتي كثيرا، ويستمر تردده على عيادتي لجلسات عديدة، وأحيانا يعيد الكلام، ولكنني لا أخبره بأنه قد أخبرني بتلك المعلومات سابقا.

ربما لأن الأرواح ليس لها ذاكرة أو ذاكرتها ضعيفة، فأحيانا لا تستطيع أن تحتفظ ببعض التفاصيل، خاصة وبعد أن أصبحت مجرّد أرواح بلا أجساد.

وهناك تفصيلة أخرى لا يحبذها كل زواري، وهي صوت رنين الهاتف أو صورت جرس الباب، لذا أنا قمت بالتخلص من جرس الباب كليًا، أما بالنسبة

للهاتف فأنا أتفرغ بشكل تام للجلسات، لذا أقوم بإطفاء الهاتف وليس فقط وضعه على الوضع الصامت.

لم أكن أصف لمرضاي الكثير من الأدوية، بل كنت أغلب الوقت أنصحهم بالفضفضة، وأقول كلما يضيق صدر أحدهم أو تثقل أفكاره وكاهله.

كما أنني استمع لهم وهذا لوحده جزء كبير من العلاج، فأن تجد من يسمعك، هذا يؤثر حقا في من يعاني من أمر يزعجه أو يؤرقه.

وأوفّر لهم جوّا من الراحة والسكينة..

لم تكن هناك عيادة مثل عيادتي لا في مدينة منهاتن، ولا في كل الولايات المتحدة، ولا حتى في العالم، وهذه المعلومة يعرفها كل زبائني، الذين يأتون إليّ أنا بالذات، ومن كل أنحاء العالم.

زبائن العيادة

النساء

كليوباترا..

كليوباترا والجمال

كان العرافون يتوقعون بأنه سوف يأتي زمان لا تخسر فيه المرأة جمالها، وكل ما خسرت شيئا، فإنها تستطيع أن تستعيده بكل بساطة (ويقصدون بذلك عن طريق عمليات التجميل).

كانت كليوباترا تطلب من الأطباء والصناع أن يخترعوا لها بعض الأمور التي لم تكن موجودة سابقا.

وأحد تلك الأمور.. أنها كانت قد طلبت منهم عطرا لأجل الفم، لكي تصبح رائحته جيدة..

وقد كانت تمتلك أروع العطور أجملها وأعذبها وأطيبها رائحة، ولم يكن يصنع من عطرها الذي تفضل وهو ليس عطر واحد، بل مجموعة إلا لها ولم يكن يصنع ذلك العطر لغيرها.

كما أنه كان لديها عطر مصنوع من نوع من الأحجار الكريمة، حيث يتم سحقه وتضاف إليه بعض الأمور ولكن هذه الوصفة كانت سريّة، ولا يسمح أن يخبر به أي أحد وإلا قطعت من أجل إفشاء السرّ رؤوس.

كانت كليوباترا تقول أريد عطرا أشربه، لكي تخرج من فمي رائحة العطر.

اخترع لها علماء القصر والأطباء الخاصين زيتا يشبه العطر، فكانت تضع قطرة منه على لسانها على آخر

اللسان، قريبا من الحلق، فيقتل ذلك الزيت الجراثيم، وتنبع رائحة جيدة من فمها.

ولكن ذلك المفعول لا يدوم طويلا، كما أن ذلك الزيت مفيد للأضراس وأيضا للصحة عموما، ولم يكن مضرا وجوده في الفم، ولا حتى بلعه.

لكن العيب الوحيد هو أنه لم يقنعها الأمر، ولم ينل إعجابها لأن المفعول لا يدوم طويلا.

تمنت كليوباترا لو أنها ولدت أو تولد في عصر يكون في الجمال بيد المرأة، ولكنها لم تكن تعلم بأنه لن تصبح هناك ملكة في مصر في عصر التجميل.

فعصر التجميل مختلف كل الاختلاف عن عصر كليوباترا، لا الحكم فيه ولا يوجد ملك ولا الكرسي الذي كانت تجلس عليه، ولا أي شيء يشبه ذلك العصر.

كليوباترا والحب

كانت كليوباترا تؤمن بأن الحب يدق قلب المرة مرة واحدة، وإذا فقدته فقدت معنى الوجود، فقدت معنى وجودها هي.

تقول كليوباترا:

الحب لقاء، لقاء بالأجساد، بعد لقاء الأرواح

الجسد معبد، والحليّ أجراس.

الحبيب هو من اجتمعت فيه محبة كل من هم حولك وأكثر

الحبيب هو من يوقد نار العشق في داخلك.

الحبيب هو يجعل المرأة لا تحتاج أن تحب أي أحد معه (لا أخ لا أب...).

تقول كليوباترا عن أنطونيو:

أنطونيو هو الروح لجسد كليوباترا.

حين ولدت كليوباترا أشرقت الشمس بالجمال، ولاحت على الوليدة كليوباترا، فورثت الجمال من الشمس.

والقمر يجدد جمال كليوباترا كل ليلة ويحميه.

تقول كليوباترا عن الحب:

لا يعلو عن حب الرجل للمرأة حب.

الحب حيوان أليف، والخيانة تحوله إلى حيوان مفترس.

الحب شعور نبيل، فيا ليته خلق فقط للملوك.

وأيضا تقول:

أنطونيو هو الوجه الآخر لي في المرآة

الجمال هبة لبنات الرب، وكليوباترا أجمل الجميلات، لأنها مدللة الرب.

الأنوثة أثمن هدية من الرب للمرأة، وهناك من لم تتلقها

الأنوثة ثم الحب ثم الإنجاب

لولا الحب لما كان هناك إنجاب

أنوثة المرأة حزام على خصرها

كانت كليوباترا لا تنام ساعات الفجر، لأنها تعتبرها ساعات تعطي النظارة للبشرة، وخاصة في الهواء الطلق حيث تطلق العنان لوجهها، ولجسمها وبشرتها لتستنشق هواء الفجر.

وكانت لا تغفل عن نوم ساعات منتصف الليل لراحة الجسم.

رغم كل حبّ المصريين للشمس، لكن كليوباترا كانت تخاف شمس الساعة الواحدة بعد منتصف النهار.

كانت كليوباترا تحب الأطعمة الخضراء، خضراء اللون، وتعشق الأطعمة الطازجة والنيئة، لأنها تعتبرها أكثر فائدة ومنفعة.

كانت كليوباترا تدهن كل جسمها بالمشمش المهروس والناضج جدا، وتتمدد لمدة عشرين دقيقة، وتستحم بعدها بحليب اللوز.

وكانت تغسل شعرها بدهن بيض الفيل، وأيضا تدهن بزيت الحنطة.

لقد كان لديها عطر مستخرج من المنطقة التي بها الغدد الثديية للبؤة، وعطر ترشه على شعرها المستعار، مستخرج من أسد كان يعيش في حديقة قصرها.

كانت كليوباترا تعشق لون الذهب، وتحب أن تلبس اللون الذهب لأنها تؤمن بأن الناس يحبونه أيضا، وهكذا سوف يحبونها من تأثير لون ثيابها عليهم، وسوف يرون بأنها صعبة المنال، مثل الذهب وباهظة الثمن

كليوباترا تحب من الحجر الكريم الياقوت، لأنه لون الدم، وهي ترى بأن المرأة والدم مرتبطان، لذا ترى بأن قوّتها تكمن في حجر الياقوت.

كان لديها كاهن يتلو آيات على جواهرها قبل أن تلبسها لإبعاد الحسد والعين عنها.

كانت جواهرها تمتص الطاقة السلبية المنبعثة من العاملة، وتقوم بتطهيرها بماء مقدس بعد عودتها إلى قصرها، وبعد أن تنزعها (وذلك أيضا "التنظيف" تحت إشراف الكاهن)

لقد كانت كليوباترا تستمد طاقة من القمر في لياليه، حين يكون مكتملا، فتفتح كل الأبواب والنوافذ لكي تدع ضوءه الأزرق يدخل غرفتها، وأحيانا تجلس تحته لكي يتشبع به جسدها.

لقد كانت تؤمن بأنها أجمل امرأة في مصر لأن الرب أو الآلهة قد اختارتها لكي تكون ملكة كل النساء.

بل ملكة مصر، وسوف يذيع صيتها في العالم أجمع،

في الحقيقة كانت تحب اللون الأبيض لأنه لون طاهر، وتعتبره لون الولادة، وكانت تلبسه كثيرا حين تصبح لوحدها.

قبر كليوباترا

كانت كليوباترا تجهز قبرها بعناية، وتزوره بكل سرية، وقد كانت تشرف على إكماله بالشكل الذي تريده،

وهي المشرفة على كل ما كان يوضع فيه، حتى أنها كانت تختار النحوت والأثريات التي ترسلها بنفسها

كان هناك مصمم أو مهندس هو من قدم لها تصميم المدفن، وأعجبت به، بل وأحدثت فيه بعض التغييرات، وقد كانت غرفتها الخاصة من جدران ذهبية.

وكانت تريد أن تدفن مع انطونيو، وقد وضعت على أحد الجدران لوحتان.

لوحة لوجهها بالذهب الخالص، ولوحة أخرى لوجه انطونيو ينظران لبعضهما البعض.

وتم صنع تمثالان لهما يقبلان بعضهما البعض، ولكن فقط الرأس، وليس تمثالان كاملان.

كانت تريد أن ترافقها، لحظة حب في العالم الآخر.

لكي تتذكر حبهما في الحياة الأخرى، وهكذا جسدتها في تمثالين أو تمثال واحد لرأسين، وأطلقت عليه اسم "تمثال القبلة"

كليوباترا والجواري

كانت كليوباترا تحب ا،ن تخدمها الجواري الجميلات صغيرات السن، سنّ العشرينات والثلاثينات لأنها لا تحب رؤية التجاعيد ولا آثار السن على خادماتها فتصاب بالإحباط.

كانت تختار الجواري متوسطات الجمال، وكانت تحلق لهن رؤوسهن وتأمرهن بوضع باروكات متماثلة، ولباس متماثل.

كانت تتناول أعشابا (خليط من التبغ والأفيون و...)
من أجل وقف الطمث، لأن يجعلها تشعر بالضعف،
وأيضا يأخذ أياما من حياتها العادية، وتضطر لوقف
بعض النشاطات.

كان لديها طبيب خاص لا يغادر القصر، يستخلص لها
مادة من سم العقرب، ليست مادة سامة وأضاف إليها
موادا، فكانت تدهن بها في جسمها قبل أية علاقة
حميمة مع أية رجل لكي تسلخ جلدها كالأفعى، فلا يجد
ما وجده مع كليوباترا مع أية امرأة أخرى.

فيلدغ بحبها.

وقد كان لديها عجوز معالجة ولكنها لا تلتقيها، بل
تكتفي بإرسال خادماتها إليها

لم تكن كليوباترا تريد أن تصبح عجوزا، فكان لديها
سنّ معيّنة يجب أن تتوقف عن تمني العمر والحياة.

كانت تقول أن كليوباترا يجب أن تموت أو بالأحرى تنتقل للحياة الأخرى سوية.

كانت تقول يجب أن يموت أنطونيو قبلها، لكي لا تغريه أية امرأة أخرى بعدها فتسرقه منها.

كانت كليوباترا تؤمن بأن كل معتقدات المصريين، ومنها الحياة الأخرى، فكان لديها إيمان بأنه ومهما كانت هذه الحياة أو قصرت هي لا تقارن بالحياة الأخرى الحياة الأبدية

تقول أيضا:

استغرب للملوك الذين ماتوا قبلي

واستغرب لسلطتي التي لا يمكنها أن تمكنني من البقاء على قيد الحياة.

وكانت تقول على خاتم من الحبيب هو بمثابة خاتم منه يختم العاشقين من حياة المرأة

نفرتيتي..

نفرتيتي كانت تعاني من مرض ما، وقد كانت كثيرة الشكوى.

لقد كانت تتألم والألم كان في بطنها على مستوى الكبد،

لقد كانت تخفي الألم أمام الناس، ولا تصارح أحد بمدى معاناتها إلا الأطباء والمخلصين منهم والحكماء.

نفرتيتي كانت جميلة، ولكنها كانت ترى بأن للجمال مقاييس، ويختلف باختلاف عين الناظر.

لقد كانت ترى بأن الآلهة قد وهبت بعض الجواري جمالا لا يناسبهن ولا فائدة من أنهم يكتسبنه، وهنا كانت ترى مدى خطأ الآلهة

بسبب ما كانت تراه وهي مؤمنة به، كانت ترى ابن الآلهة ليست كاملة، لأنها هي الأخرى لديها أخطاء

فلما تعطي الآلهة جمالا لجارية؟

ولما تعطي الآلهة مرضا لسيدة؟

وأسئلة أخرى كانت تراودها على مدى قوة وحكمة الآلهة.

وكانت ترى أيضا في مسألة الجمال أمرا آخر

لقد كانت تتساءل.. لما عندما يكون الحيوان جميلا، فهو ليس بحاجة لأن يتزين أو يرتدي ثيابا، بينما على البشري ولو كان جميلا أن يضع عليه الثياب

والإكسسوار والمساحيق والمجوهرات، لكي يبدوا جميلا أمام الناس

كان لديها طاووس هي دائمة التأمل لجماله، وكانت أيضا تحب جمال العصافير، رغم أنها مكسوة بالريش، ولكن لو فقدت ريشها لأصبحت بشعة، بينما الأسماك لا ريش لها، ولها جلد أملس لكنها جميلة هي الأخرى.

وقد كانت تقول:

بين جمال أهل السماء "الطيور" وبين جمال أهل البحر "الأسماك" سيدة جمال أهل الأرض "نفرتيتي"

آراء نفرتيتي

وقد كانت ترى بأن المرأة هي ثاني نجاح للرجل، فالرجل له نجاح أول وهو نجاحه في الحياة والسياسة وحيازته لمركز مهم.

ونجاحه الثاني هو اختياره الموفق لامرأة تعينه، ولا تعين عليه، تقف بجانبه ولا تقف ضده، تمده بالقوة، ولا تضعفه وتثقل كاهله.

والرجل الغبي هو من لا يكتشف أعداءه بين أهله.

والرجل الجاهل هو من لا يعرف، بأنه بإمكان الأفاعي أن تمشي تحت الفراش بكل انسيابية.

والرجل الضعيف هو من يتردد حين اتخاذ القرارات.

والرجل البليد هو الذي يفكر كثيرا حين يطرح عليه السؤال.

والرجل الأخرق هو من تحكمه امرأة

والرجل الأحمق هو يحكم كل الناس وتحكمه امرأة

حِكم نفرتيتي

الأعمى هو من يرى بعينين ولكنه لا يرى الحقيقة
كاملة

الأطرش الأصم هو من يسمع كل الناس مرة واحدة،
ولا يميز بين الصادق والكاذب.

الأبكم هو من يكتم الحق.

المبصر هو من يرى جمال الكون

العاشق هو من يسمع بقلبه، ويرى بقلبه، ويحكم بقلبه

المحب هو من لا ينتظر لحبه جزاء.

الكفء هو من يراك كفؤا

العدو الكفء هم من يراك كعدو له أنت كفء

والعاشق الكفء هو من يراك عاشقا له كفئا

والأخ والأخت والزوج وكل هؤلاء من يراك كفئا لمكانتك فهو كفؤ لمكانته بالنسبة لك، ولا شيء خلاف ذلك.

الحكة تسقى من مجالس الحكماء والساسة والرؤساء فان كنت في حضرتهم غالب الوقت صرت حكيما.

وإن جلست في حضرة الآلهة غالب الوقت في المعابد والمقامات المقدسة وإبداع الآلهة، وتأملت صرت عابدا زاهدا

وان جلست في مجالس الأغبياء والملاهي صرت بليدا.

الزوجة هي من تعين زوجها.

الزوجي هي من تعرف زوجها كراحة كفها.

الزوج هو من يكرم زوجته.

المرأة هي اللغز والسر.

لن تعرف حقيقة المرأة، ولو بعد وفاتها، ولو مرت مئات السنوات.

الغموض يزيدني جمالا

قبر نفرتيتي

كرّم جسدك بقبر يليق به بعد وفاتك وفكر في القبر
قبل وفاتك، كما كرمته بقصر في حياتك.

القبور الهادئة تجلب السكينة

والعصافير تعطيك أصوات الجنة

زينوا القبور بالعصافير

النجوم الخماسية تبعد عنك النحس وجهنم

نجمة من كل اتجاه ونجوم في الزوايا

والأهلة تمنع الأرواح الشريرة من دخول قبرك

العيون المفتوحة تبعد عنك الشياطين.

يجب منع الأرواح الشريرة والشياطين من دخول القبور المهمة، القبور الملكية.

اسم الآلهة على المداخل يجلب السكون، ويجعل القبر مقدّس

صوت النحاس يبعد النحس.

الأواني النحاسية لإبعاد النحس.

أبيض واسود

الليل أخو النهار مع أنهما مختلفان

والشمس أخت القمر مع أنهما مختلفان

والقصر مثله مثل القبر مع أنهما متباينان

والمرأة والرجل نصفان

والأرض والسماء شقان

والحب والكره وجهان

والثراء والفقر متباعدان

والعلم والجهل لا يلتقيان

والذكاء والخبث متباعدان

واليوم وغدا مكانان وليسا زمانان

اليوم هنا وغدا هناك

الغيب..

حتى الكهنة لا يعلمون حقيقة الغيب

وعجز الحكماء عن بعض التفاسير المهمة

لقد احتفظت الآلهة بكثير من الأمور والعلوم لنفسها

الغيب لا يمكن تفسيره ولا الموت

ولا أحد عاد من الحياة الأخرى

كلنا نشعر بالفضول حول الحياة الأخرى

أعددنا العدة ولكن ماذا لو نقصنا شيء

هل سوف نعاد في نفس الأرض، ونفس قصورنا، أو أننا سنجزى بقصور أفضل؟

هل ينال الملوك نصيب من العذاب؟

هل الانتقال مؤلم؟

ما الفرق بين الألم الدنيوي والألم هناك؟

هل نعاد في أجسادنا الجميلة؟

وهل نعاد في هذه الأجساد أم في أجساد أجمل بكثير؟

هل نعاد عائلات أم أننا نفقد كل الذكريات؟

هل نسترجع ذاكرتنا بالتدريج؟

يجب أن نتذكر الحب الذي ملأ قلوبنا ذات يوم.

يجب أن نتذكر الوفاء والإخلاص

يجب أن نتذكر أزواجنا والأطفال

لقد عشت حياة جميلة وهادئة

وأنعمت عليّ الآلهة بزوج لا مثيل له

زوج لا أذكر أنني قد تشاجرت معه يوما

احترمه ويقدرني

أحبه ويبادلني الحب

اخلص له وإخلاصي استمده من إخلاصه لي

زوج لا ينظر لأية امرأة أخرى

يعلم أنني أنا امرأته الوحيد في هذه الحياة وكل حياة

زوج أحبني وامتلأ قلبه بحب امرأة واحدة

أشعر وكأنه لا يرى أنثى حوله إلا أنا

لا يرى غيري حقا.

القبور يجب أن تكون محكمة، لكي لا يتسلل إليها الدخلاء

الدخلاء، فيفسدون نعمة الهدوء والسكينة

إنهم يزعجون النوم

النوم بعمق، يجهزك للاستيقاظ بنشاط.

الفيلسوفة ثيانو

الفيلسوفة الزوجة والفيلسوفة الأم وأم الفيلسوفات

إنها زوجة فيثاغوس والتي تولت بعده مهمة الاهتمام بالمدرسة الفيثاغورية.

لقد كانت فيلسوفة بحق لدرجة إنها عرفت كيف تعد بناتها كفيلسوفات.

وكانت تقول إن نجحت في أمر فالدليل على نجاحك هو نجاح أولادك فيه، واستمرارهم فيه من بعدك.

نجاح أولادك يعكس نجاحك، وفشلهم يؤكد فشلك.

إن لم يشبهك أولادك فقد دخلت فيهم روح شريرة،
وتغلبت على ذلك الجزء من روحك الذي فيهم.

وكانت تقول أيضا:

فلسفة المرأة هي أن لها أكثر من جانب، ويمكنها أن تكون أكثر من شخص واحد في آن معا.

وكأن المرأة تمتلك أكثر من روح، روح هي زوجة، وروح هي أم، وروح هي ابنة، وروح هي امرأة، وروح هي ربة بيت، وروح هي معلمة، وروح تعتني بهم جميعا هي فيلسوفة.

العلاقة بين الأنثى والذكر ثلاثة أنواع، وكل نوع يختلف عن الآخر ولا نوع يشبه الآخر

النوع الأول:

المرأة والرجل بشكل عام أو ربما حبيبان

النوع الثاني:

الزوجة والزوج

النوع الثالث:

الأم والأب

الفلسفة

الفلسفة أنثى وإن لم تقدر أنثى على أنثى فهي أنثى ناقصة.

الرجال يحبون الفلسفة لأنها امرأة جميلة غامضة تجذبهم إلى عالمها ولا تخبره أسرارها، بل تلوعهم في عالم من السرية والغموض، وتكشف بعض ساقها أحيانا، وتسمح لهم بنظرة خاطفة إلى صدرها دون قصد منها أحيانا.

الفيلسوفة ديوتيما

كانت ديوتيما تقول عن الحب:

الحب كائنات صغيرة تمشي في جذور الشخص مع الدماء

الولادة الروحية هي ولادة الروح حين يخلق الحب.

يولد الشخص ولادة روحية حين يلقي الحب مثلما ولد أول مرة مادية، لكي تكتمل الولادة المادية يجب أن تستنشق الهواء وأن تستنشق الحب.

لكي تكتمل ولادتك الروحية، يجب أن يولد الشخص الذي وقعت في حبه هو الآخر ولادة روحية، وأن يبث حبه فيك كالهواء في الجسد.

الجمال يعني الحب، والحب يخلق في عش الجمال

دائما يخلق الحب في مكان جميل، فمن خلق فيه الحب هو بالتأكيد كائن جميل.

ينضج الرجل بالحب، وتنضج المرأة بالجمال، ويكتمل الجنسان بالحكمة.

الجسد من مادة، والروح من مادة، والحب من مادة.

الحب يشبه الروح من حيث المادة، ويحتاج جسدا ليعيش مثل الروح.

الحب يغادر الجسد مع مغادرة الروح، وإن غادر قبلها ترك ذلك الجسد ميتا مثلما تفعل الروح.

النبات الحي يسقى بالماء، والحب الحي يسقى بالمشاعر

الفن ينبع من الجمال

الفن إحساس وتجسيد

إحساس الفنان هو لغة للتعبير

إصرار الفنان هو بداية طريق النجاح

النجاح نسبي.. والنسب تختلف حسب الأشخاص ومجهوداتهم

وفي كلامها عن النسب في الحب تقول ديوتيما:

عندما تحب شخصا فإنك تحبه بنسبة 30 بالمئة و20 بالمئة هي إصرار وسعي من أجل اللقاء والاتحاد مع الحبيب، و50 بالمئة المتبقية تنطلق من حبك لذاتك وتشمل رغبتك في الحصول عليه وإرضاء نفسك بامتلاكه

50 بالمئة هي إرضاء لنفسك وحب لنفسك

عندما تعطي نفسك بالكامل لشخص، فإنك تضيع فيه وتصبح شخصا آخر، إذا كان العطاء بالكامل

أما إذا تحكمت بنفسك، فإنك تكون نصف نفسك، والعطاء يصبح نصف عطاء.

كون النساء والرجال

الكون يدرك بالبوجدان وليس بالمعادلات.

جمال المرأة ينبع من قلبها، ويثبت نفسه في مظاهر أنوثتها.

خلقت علوم للنساء، وعلوم للرجال.

تستطيع المرأة الوصول إلى علوم عالم الرجال أسرع من وصول الرجل إلى العلوم الخاصة بالنساء

لأن المرأة صانعة حياة، وكان بداخلها ذكر يتكون على عكس الرجل الذي خلق رجلا ويبقة دوما رجلا أما المرأة فهي تحمل حياة أنثى بداخلها وأيضا حياة ذكر، دون أن تؤثر في عملة تكوينه الذكورية لا الجسدية ولا النفسية ودون أن تجعل جانبها الأنثوي يطغى على تكوينه، وعلى جانبه الأنثوي

فكثير من الرجال الأقوياء الأشداء العظماء، والذين حافظوا على الصفات الذكورية، هم في الأصل قد تكونوا داخل أرحام نساء مليئات بالأنوثة والعاطفة، وربما الضعف أحيانا.

علوم النساء صعبة على الرجال، لأنها تتطلب الهدوء والتأمل والنعومة

وعلوم الرجال سهلة بالنسبة للنساء، لأنها تتطلب القوة والشدة، وهذا الأمر سهل بالنسبة لبعض النساء، وليس الكل.

الحب والحياة

يمكنك أن تعلم الناس الحياة، ولكن لا يمكنك أن تلقنهم الحب.

الحب مخلوق يختار أين يعيش، وإن اختارك فأنت تناسبه، وهو لا يختار من لا يناسبه أبدا.

الحب له إرادة قويّة لاختيار الأشخاص وهذه الإرادة خلقت معه، وهي قوية جدا، ولكنه يستعملها بسهولة، لأنها جزء من تكوينه.

حب القلب يختلف عن حب العين

العين تحب، والقلب يحب.

العين تحب ما يعتقده العقل وما يؤمن به، وحبها مرتبط بالمعتقدات القبلية للشخص، أما القلب فهو يحب بطريقة مختلفة.

القلب

الحب يحي الروح، والخيانة تكسر الروح.

ولارتباط الروح بالجسد فان علاقتها بالحب تؤثر على الجسد أيضا، الجسد المحب والعاشق مليء بالحياة، وعلى عكسه الجيد الذي تعرض للخيانة.

الاستبصار

الاستبصار هو أن ترى الأرواح

أي أن ترى أرواح الناس وهي لازالت مرتبطة بأجسادهم المادية.

أن تراها وتتحاور معها دون علم الجسد، الذي ترتبط به

وأن تغير من طريقة تفكيرها إن كنت في قوة استبصارك فيطرأ ذلك التغيير على الجسم المادي،

وهنا تكون قد وصلت إلى أعلى درجات الاستبصار،
والتي لا يصلها الكثيرون.

التواصل مع عالم الأرواح والأشباح، ليس استبصارا
بل اطلاع على أمور غريبة، ودخول عوالم أخرى
سُمح لك بالدخول إليها دون غيرك.

الفيلسوفة اسبازيا

كانت مهتمة بالحيوانات وحيدة الجنس مثل ....

وكانت تعتقد بأن المرأة، فهي في حاجة جنسية دائمة لوجود رجل في حياتها.

فماذا لو كان الإنسان وحيد الجنس، ويتغير جنسه كل فترة، ولا يحتاج لوجود الآخر بجانيه لكي يشعر بالاكتمال والإشباع والرغبة وكل تلك الأمور.

ولكنها كانت ممتنة لكونها امرأة، ولا تتخيل لو أنها خلقت رجلا لأن الرجال يتميزون بالقسوة مثل الطبيعة القاسية، الزلازل والبراكين وكل الكوارث.

أما المرأة فهي تمتاز بالنعومة والليونة، مثل سهول سير مياه النهر عبر منحدر واحد معروف الاتجاه، ووحيد

الاتجاه.

ولو خيرت في أي جسد تخلق لاختارت أن تخلق امرأة

لا يختلف الرجال من حيث الطبيعة الجسدية كثيرا، ولا من حيث القدرات الجنسية، ولكنهم من المؤكد يختلفون كثيرا من حيث الروح التي بداخل كل واحد منهم.

بينما تختلف النساء من حيث الجسد كثيرا، ولا يختلفن من حيث الروح التي أرى بأنها ضعيفة مقارنة بتلك التي لدى الرجال.

وضعف الروح لدى المرأة، هو ما يجعلها تقع في غرام الرجل سريعا، وتشعر بأنها في حاجة إليه دائما.

روح المرأة ضعيفة، لذا هي هشّة وسهل كسرها إلا إذا تعلمت كيف تصبح روحها صلبة.

اسبازيا وفلسفتها حول الأعداء

عندما يكون لديك أعداء كثيرون، فإن الموت يكون أقرب إليك من الجميع، لأن الجميع يدعونه لكي يصل إليك.

لا يسلم أعداؤك منك إلا بموتك، لذا فهم جميعا يتمنون موتك لكي يتخلصوا منك، وخاصة إذا كنت تؤرقهم.

حين يحل عليك الموت سوف تشرق شمس الراحة على أعدائك

العدو هو كل من يشعر بالتهديد في وجودك

ولو كان وجودك فقط في أفكاره

أما بالنسبة لك أنت، فإن كنت واثقا من نفسك، فإنك لن تعتبر أحدا عدوا بالنسبة لك أنت.

وإن كنت عكس ذلك فإنك سوف تجدك نحصي من الأعداء الكثير من الذين هم حولك.

حول حرية المرأة

لا تكوني كعصفور لا يستطيع الفرار من قفصه، ولا أن ينسل من بين تلك القضبان، بل كوني حرة تمتلك مقبض الباب خروجا ودخولا، وقت ما تشائين.

إن لم تكوني عبدة أمة فافعلي ما تشائين، لأنه لا يحق لأي كان أن يأمرك بفعل أي شيء.

يمكنك أن تفعلي ما يحلو لك بإرادتك الحرة وأن ترفضي كلما ترين بأنه لا يناسبك من أي باب كان من باب الأخلاق أو القدرة الجسدية أو من جانب ما تؤمنين به مهما كان.

إذا انتظرت رجلا مرّة، فسوف يجعلك تنتظرينه دائما، وسوف تصبحين سجينة الانتظار، لمن قد يصل أو لا يصل.

سجن الأفكار أقوى من سجن الجدران.

لكي تتحرري من فكرة، عليك أن تتجردي من كل ما يمت لها بصلة من الأفكار، سواء كانت بعيدة عنها أو قريبة، المهم أنهما مرتبطتان بشكل ما.

القلب يتحرر أسرع من الجسد، لأن القلب يتقلب ولكن الجسد يحتاج لرفيق دائما.

قلب المرأة سبيل وجودها، وجسد الرجل سبب وجوده.

المرأة تستطيع أن تهزم قلبها، ولكن الرجل لا يستطيع أن يهزم جسده.

المرأة تطمح لامتلاك قلب رجل، بينما الرجل يسعى لامتلاك جسد المرأة.

المرأة تحب الرجل الذكي، والرجل يحب المرأة الغبية الذكاء حرية، والغباء سجن عميق.

المرأة تمنح الرجل إحساسا بالحرية عندما تمكنه من نفسها، أو ترتبط به عندما تمارس معه علاقة حميمة، وبينما الرجل يمنح المرأة شعورا بالتملك وبأنها أصبحت له لوحده وعليها أن لا تحاول الفرار.

المرأة تقع في حب الرجل من نظرة عين، والرجل يعشق امرأة من تفصيل أنثوي وقد لا تكون مواجهة له حتى.

يستطيع الرجل أن يأسر المرأة بمجرد نظرة.

وتستطيع المرأة أن تأسر الرجل في تفاصيل جسدها ساكنا كان أو متحركا.

كل الرجال أمام النساء ذكور، وليست كل امرأة أمام رجل هي أنثى

الرجل يصنف المرأة على أنها أنثى من تفاصيل جسمها.

والمرأة تصنف الرجل ذكرا من سوء تصرفاته.

الرجولة تصرفات والذكورة تكوين جسماني.

والأنوثة تفاصيل جسد لا غير.

إن كانت المرأة ذات مفاتن أنثوية غفر الرجل لها كلامها إن فجا وتصرفاتها إن كانت فضة وزلاتها إن هي كثرت.

كاثرين أسطورة روسيا

كاثرين والروح

في يوم من الأيام سألت كاثرين أحد الكهنة الحكماء
وقالت له:

هل يمكنك استخلاص روحي قبيل وفاتي أو حين
وفاتي، ووضعها في وعاء آخر، وليكن طفلة صغيرة
أو ابنتي،

أو دعنا نقول أنها ابنتي وأنا أوصي بالعرش لها.

هل يمكن فعل ذلك؟

فأجابها بالنفي، وأخبرها أنه لا يمكن سجن الأرواح ولا إلقاء القبض عليها، بالطريقة التي هي تريدها

ولا يمكن سجنها في جسد آخر.

لم تكن لدى كاثرين نظرة فلسفية ولا طريقة تفكيري فلسفي، ولكن كانت لها نظرتها الخاصة للحياة، والتي لا تشبه نظرة أي أحد غيرها.

وقد كان لها حب للحياة في مرحلة من حياتها، لم يسبق لها وإن أحبت الحياة بتلك الطريقة في مختلف سنوات عمرها، التي سبقت تلك المرحلة، ولا التي جاءت بعدها.

في تلك المرحلة كانت تراودها أفكار كثيرة حول الروح والخلود.

لقد كانت تتم قراءه كتب لها في ذلك الموضوع بالذات بطلب منها.

كانت تبحث عن ماء الخلود، وكأس الخلود، ونبع الخلود، وكل تلك الأمور الأسطورية التي كانت تؤمن بأنها مبنية على حقائق حقيقية، وأن القليل من الناس يدركون تلك الحقيقة.

الحقيقة تقصد بها أن تلك الأمور هي فعلا حقيقية.

وقد كانت تستدعي بعض الكهنة الذين يشهد لهم بعلمهم، وبعض الفلاسفة الذين يتواصلون مع الروح وعالمها من أجل السؤال والاستفسار.

كانت تجد بعض الأجوبة وأحيانا كثيرة لا تجد أجوبة لأسئلتها، التي كانت تبدو فلسفية بعض الشيء.

كاثرين والفساتين

كانت كاثرين تقول:

بأنه يجب أن أرتدي كل الملابس التي يتم صنعها من
أجل المناسبات، فكان لها في كل يوم

فستان لطعام الغداء

وآخر لتناول طعام العشاء

وآخر لتناول طعام الإفطار

وآخر لشرب الشاي أو القهوة

وآخر من أجل السهرة

وكل فستان يختلف عن الآخر من حيث القماش والخامات، وأيضا تختلف المجوهرات التي تضعها لكل وقت ومناسبة.

قامت كاثرين بتخبئة مجموعة من مجوهراتها، وقد وضعتها في صندوق، وقاموا بدفنها في إحدى غرف قصرها، والتي كانت غرفة للنوم.

وقد تمّ دفن الصندوق تحت السرير، ولكن في غرفة في تحتها، أي غرفة في الطابق الأسفل.

حيث قاموا بالحفر، وأعادوا البناء فوقها.

كانت مجموعة الجواهر تلك عزيزة وغالية عليها، ولم ترد أن تتركها وراءها ولا أن تورثها لأي أحد.

يحتوي الصندوق مجموعة من المجوهرات، منها حلق كانت قد ورثته عن والدتها.

قامت بحرق مجموعة من الفساتين عندما اقترب موعد وفاتها، أي عندما شعرت بأنها لم تعد مثلما كانت.

كانت كاثرين تطلب منهم أن يقدموا لها ولمصمميها القماش الذي لا ولم يصنع منه الكثير، ومن المرجح أن القماش كان يصنع لأجلها.

وعندما يصنعون قماشا ويليق بها فإنه لا يتم صنع منه المزيد.

وكانت تميل للصناعة اليدوية للقماش، وتأمر باستيراد القماش من كل الدول.

وإن أعادوا صنعه فإنهم لا يصنعون القماش بنفس اللون، ولا يتم صنع فساتين من نفس تصميم فستانها، لأن تصاميمها كانت خاصة بها هي وفقط.

كان لدى كاثرين غرفة كبيرة مليئة بالفساتين المعلقة، فتدخلها وتختار ما سترتديه في تلك اللحظة، من بين الفساتين العذراء، التي تنتظر الحياة على جسد كاثرين

ولأن فساتينها كلها كانت من النوع المنفوخ، فهي لم تكن تقلق بشأن وزنها.

وكانت تقول بأن الملوك لا يحرمون من شيء.

لقد كانت تستمتع بكل أنواع الطعام، ولها أكثر من وجبتين في اليوم لأنها تعتبر الطعام يعوض الجهد الذي تبذله.

كانت تمنع نوعا من الدهون فلا يدخل في طعامها أبدا دهون حيواني معين.

كان لها يوم واحد للصيام تمتنع فيه عن الأطعمة الحيوانية بكل أنواعها، فتأكل الخضراوات المسلوقة، والسلطة والفواكه الكثيرة، ولا تشرب الحليب.

كانت تطلب كل أنواع الفاكهة في ذلك اليوم.

بالنسبة لها.. أن طقس الصيام قد كان للتقرب من الآلهة وطلب للصحة.

أغلب تصرفات كاثرين كانت سرية وتبقيها في الخفاء، لأنها كانت تخاف من التقليد، وخاصة من الملكات.

درست عن كل الملكات عبر الزمان، فقد كان لديها أساتذة بجانبها يلقنونها العلوم على اختلافها وفي الأوقات مثل ارتداء ثيابها أو التزين، ووضع الماكياج، ا،و أثناء تسريح الشعر، فقد كانت تستغل مثل هذه الأوقات مرتين مرة للشكل ومرة للفكر.

كان لدى كاثرين رسامان فنانان خاصان بها، وهما رسامان خاصان بتصميم القماش، وكانوا يرسمونه لها وهي تختار منه.

وتختار اللون بعد تقديمها النصح بما يناسب، ويصنعون عيّنة وإن لاقت تلك العينة إعجابها يصنعون ما يحتاجه الفستان الخاص بها من قماش.

كانت لها صفة سرية، لقد كانت تحب أن تتفرج على اللبؤات وهن يلدن.

وقد فعلت ذلك مرات قليلة، فقد كانت تريد أن ترى قوتهن في أضعف حالة له،ن بل أقوى حالاتهن

وكانت تريد أن ترى مدى الإرادة لديهن.

كان لديها فستان من تصميمها، استوحته من السماء المظلمة المنجمة في يوم رأت السماء بهذه الحالة ليلا، فقررت أن ترتدي فستانا بهذا اللون، وفيه من النجوم الكثيرة.

أرادت أن تشع بداخله، وكأنها بدر، وحوله السماء والنجوم، أحيانا كانت تستوحي أفكارا من الطبيعة، والجنود والشعب، وتأمر بصنع فساتين منها.

كانت تحب كثيرا صوت العملات الذهبية، وكان لديها صندوق مليء بها، وعليها رسومات مختلفة.

أمرت كاثرين بوضع لوحات كبيرة لها في صالات قصرها تعبيرا عن الكبر والفخامة.

لم يكن يحظى الرسامون بجلوسهم معها، فكانت تأمرهم برسم فساتينها التي توضع أمامهم لأوقات طويلة، ويرسمون الشكل العام، ثم يرونها بتسريحة تختارها حينها تعطيهم القليل من الوقت، ليتأملوا شكلها ويحفظوه أو يأخذوا الأجزاء اللازمة، بعد ذلك يكملون الرسم من ذاكرتهم.

كاثرين ونظرتها للمرأة والملكة

المرأة..

المرأة جميلة وتحتاج أن تظهر جمالها دائما.

وإظهارها لجمالها ليس فقط حاجة بل ضرورة أيضا.

المرأة الجميلة تعني أنها امرأة كاملة

المرأة الكاملة هي الأنثى الكاملة.

امرأة بالغة وتتمتع بجمال الوجه، ومظاهر الأنوثة في الجسد، فقط هذه هي المرأة الكاملة.

المرأة ليس بحاجة للزواج والإنجاب حتى يعترف بكونها امرأة.

الزواج يعني أنها امرأة مرغوبة

والإنجاب يعني أنها امرأة منتجة للحياة

والعقل يعني أنها امرأة حكيمة، وهذه لا يفضلها الرجال كثيرا، لأنها قد تتعامل مع الرجل بطريقة يشعر ببعض الضعف معها.

يخاف أن تعامله بطيبة الأم فيحترمها أكثر من أن يحبها

يخاف أن تعامله بخوف زائد فتقيّد حريته.

يخاف أن تعامله بحذر فتكتشف أغلاطه

يخاف أن تعامله بحرص، فلا تعطيه كل ما عندها

يخاف أن يخافها فيبحث عن غيرها.

يخاف أن لا يجلس معها، بل يجلس في حضرتها، إن كان حضورها طاغٍ، يفقد هو نجوميته، ولو كانت.. نجومية قوّة أو نجومية تفاهة.

الملكة..

الملكة تاج واحترام ومهابة.

إن لم تقطع الرؤوس لن تكوني ملكة.

إن لم تكوني حازمة فلن تقودي، بل سوف تقادي.

كوني حازمة وخاصة أمام الملأ، ولا تترددي أمام الشعب.

إذا اتخذتِ قرارا، فلا ترجعي عنه، ولو ندمت فيما بعد.

لا تحزني ولا تنفعلي، ولا تبكي أمام أي احد، حتى أمام الخادمات والجواري.

الرب فقط هو من تستطيعين أن تذرفي الدموع أمامه.

ألقي تحية على الرب حين تستيقظي، وتحية قبل أن تخلدي إلى النوم، لكي يرعاك في النهار، وخلال النوم ليلا.

الإيمان بالرب وبقوته يمدك بالقوة أيضا.

لا تقارني نفسك بأي أحد، ولا بأيّة امرأة، لأنك الملكة، ولا توجد من هي في مكانتك أبدا، ولن تكون لك منافسة، أو من تقارن بك مادمت صاحبة الكرسي، وأنت من تضعين ذلك التاج.

لا توجد إلا ملكة واحدة، فلا تضعي نفسك في مرتبة أو مقارنة مع الأخريات.

فمن سبقت قد انقضى وقتها، ومن سوف تأتي بعدك لم تأت بعد.

عليك أن تفكري في نفسك فقط، وهذه ليست أنانية، بل اهتمام بالآخرين، فإن كنت أنت بخير سوف تستطيعين أن تفكري في غيرك.

لن تكوني بخير إلا إذا لمس الخير كل الجوانب التي فيك، روحا وجسدا عقلا ونفسا.

ووّفري الراحة لنفسك نهارا وليلا، لكي تكوني مرتاحة فعلا.

لا تتعاملي مع الخدم بشكل مباشر، بل ووّري لنفسك خادما، على كل نوع من الخدمة لكي يتولى أوامرك بدلا منك، فالتعامل مع العامة سوف لن يضمن لك مكانة مختلفة ولن يحافظ لك على احترامك، بل يجب عليك أم تحافظي على المسافة بينك وبين الخدم.

ولو كان خدمك خدما ملكيا، فلتضعي حدودا بينك و بينهم، ولا تتعاملي إلا مع ذوي المكانات العليا من كل تخصص.

لا تعتبري بأن المجوهرات تزيد من جمالك، بل هي فقط تبرز جمالك، وأنت من تضيفين لها قيمة، وعلى مرّ التاريخ وليس العكس.

لا تنبهري بأي شيء، فأنت المبهرة، والتي عليها الأضواء كل يوم.

إليزابيث الأولى الملكة

إليزابيث الأولى تقول:

إذا أصبح الرجل في السلطة، فإنه لن ينظر إلى المرأة لذا كوني أنت في السلطة، ولا تنظري للرجل.

الرجل في السلطة لا ينظر إلى المرأة، بل ينظر إلى النساء فعينه متعودة على رؤية الشعب، ولا يكتفي برؤية امرأة واحدة.

في حالة الحب، يصبح القلب قلبا، والعقل عقلان.

والعاقل مجنون إذا نفذ منه العقل الأول والعقل الثاني

والعاشق مجنون إذا تبع قلبا واحدا، وترك العقلين.

الحرب حب، حب للفوز والمحب منتصر.

الحب حرب، حرب للفوز والمنتصر محبوب

الحب في الظلام حب للروح، حب ذات واختيار

والحب في العلن حب صورة وعين، أي كيف تراك عيون الناس، في صورة أنت تختارها لتناسب التصفيق

الحب صراع بين الاختيار والقرار

الحب ملهاة عن السلطة

للحب نساء، وللإنجاب نساء ، وللفراش نساء.

ولخدمة القصور نساء، وإناث، وجواري.

كل في مكانه، للمطبخ طباخات، للنظافة عاملات، للمغسلة غسالات، وهكذا يسير الترتيب.

وللعرش والكرسي ملكات.

الملكة من ملكت كرسيا، وختما، ورجالا للمشورة.

حين تصبحين ملكة تنسين أنك مجرد امرأة وأنثى

الأنوثة عري والملك تاج، الأنوثة تجريد، والملك تتويج.

الخيانة عشق من عشقها أتقنها.

وكانت تقول أيضا:

تستطيع المرأة أن تصبح زوجة وأما، ولكن بدلا من ذلك تستطيع أن تجمع الثلاثة في شخص واحد (امرأة وزوجة وأم).

ولكن تعدد الوظائف هو هدر للطاقة.

وكانت تقول عن نفسها:

أنا على الكرسي وأمام الناس ملكة.

أما بعيدا عن الكرسي وخفية عن الناس، أنا خادمة لتلك الملكة، أجري سعيا لكي ألبي لها كل احتياجاتها.

لا خادمة أوفى لنفسي مني أنا، فهي الخادمة الوحيدة التي تخدمني دون مقابل، تريد لي الخير، وتسعى دوما لمساعدتي بكل الوسائل والطرق.

أشعر بقوة الملكة عندما أعطي أمرا بإعدام رجل قوي.

قوة الشخصية في الرجل بالنسبة لي أهم من قوة البدن،
لأن الأخيرة قوة مكتسبة والأولى أصل فيه.

الحكمة أن تحكمي الرجال بحكم لا يرد عليك.

كيف لرجل أن يحكم من تحكم شعبا.

لقد أعددت إعداد الملوك، وكوني أنثى لا يقلل من
قيمتي، فالأنثى تنجب شعبا، والذكر ينشئ حربا.

أن أصبح ملكة طموح توارثته من ملك وزوجة ملك، كادت أن تصبح تاريخا، ولكل حصان كبوة.

الطموح يعني أن تبذل كل شيء، وأن لا تندم على شيء فعلته في سبيل تحقيق طموحك.

الذكاء هو أن لا تكشف خططك، وأن لا تكتشف من بعدك

الأمانة هي أن تكتم أسرار نفسك، وأن لا تبوح بها أمام أحد، وهذه هي الأمانة مع النفس.

كلما ارتفعت قيمة الفستان، وارتفعت قيمة خاماته والأحجار المرصع بها، ولم تعد في متناول الأثرياء والنبلاء، كلما أصبح يليق بملكة.

الانتصار هو أن يموت كل أعدائك قبلك.

أن تشغل منصب ملك، هي المهنة التي لا تتقاعد منها إلا بالموت.

حين تصبح ملكا فإنك لا تتقاعد بل تموت ملكا.

كانت الملكة تحتفل كلما تجاوزت فترة حكما أحد السابقين، وتعتبره انتصارا عليهم.

كانت تعيش في ظل أحدهم حتى تتجاوز فترة حكمه.

لو زارت الملكة إليزابيث هذا العصر، لأعجبت بالإنجاب عن طريق الأم البديلة وأيضا التلقيح

ولتعلمت لغات أكثر من تلك التي كانت تتقنها، رغم أن الوقت كان مضغوطا بحكم أنها كانت ملكة.

ولأعجبت أيضا بكاميرات المراقبة، فهي تعشق كشف المؤامرات، وقطع الرؤوس، فما بالك بتوفر الأدلة .

الرجال

أفلاطون..

كان يقول أفلاطون:

بأنّه يزور مدينة المثل كل ليلة، حيث يرى نفسه متجردا من الجسد المادي، ويرى نفسه أكثر رقيا ونبلا.

يقول أيضا:

الفلسفة تنبع من الروح.

أساس الوجود الفكر.

خلق الفكر قبل الوجود الإنساني والمادي

خلقت الروح تماشيا مع التكوين المادي

الإنسان موجود على ثلاثة أشكال، العادي الجسم المادي، والظل الذي يرافقه، والشخص في الأحلام

كان لدى أفلاطون حسّ استبصاري، فكان يرى نفسه بأنه سوف يذكر في الحياة بعد موته، وسوف تكون له سيرة طيّبة وجيّدة.

كان يقول:

لو حافظت الأنثى على حقيقتها، وعلى وجودها غير الملحوظ، ولو حافظت على الرفعة والعفة والكمال، بالجمال والنقاء لاستحقت أن تعبد.

المرأة كائن جميل، ومخلوق مذهل، ومثيل للجمال، والجدل والغرائز والتفكير.

إنها كائن يستحق الدراسة والتمحيص.

ويقول أيضا عن المرأة:

المرأة شيطان لهو يبعدك عن كل ما هو مفيد.

ويفرح عندما يراك تضيع وقتك.

أفلاطون لم يكن يحب النساء الخادمات بلباس واحد مستور وينظفن.

في يوم من الأيام جاءت خادمة جديدة، وضعت وردة على شعرها فوق أذنها فقال لها:

هذه آخر مرة أراك بالوردة على شعرك.

وإلا طردتك معها

فغادرت إما طردها أو أنها هي خافت فهربت.

كان لديه قصر، وبه طريق ثم يصعد من قصره إلى جبل به أشجار، ووراء الأشجار توجد غرفتان، إحداهما لها نافذة تطل على الشجر.

كان يعمل في تلك الغرفة يقوم بالنحت، نحت الطين،
ويقول الضربة إما تصيب وإما تخيب

والطين أيضا يعلمك الصبر والتركيز

أما الغرفة الداخلية، فقد كان فيها نافذة في سطحها
تمكنه من رؤية النجوم، وتساعده على التأمل.

لقد كان يحب التأمل فيها، كما كان يحتفظ فيها
بمخطوطات وكتب، وطاولة كبيرة عريضة
وكان يطلب من النجوم والسماء وآلهة العلوم العلم.

ارسطو

الفلسفة..

الفلسفة هي متعة العقل.

العقل هو متاهة بحاجة إلى مفاتيح عدة

مكتبة العقل تتحمل أكثر من تخصص.

ومن يتخصص فإنه يحد عقله من التعمق في أمور

مختلفة عديدة.

الفلسفة حياة العقل

فالعقل يطرح التساؤلات، ويخلق الإشكاليات، لكي يفتح أبوابا جديدة.

الفلسفة روح للعقل.

نبني العقل بالعلم، وإلا فإنه يضمر أو يصبح مثل الصخر

لا يفضل العلم البخيل، ولا يفضل التضخيم في تلقي العلوم على تنوعها، وبدون تنظيم وترتيب.

إن أردت العلم، فعليك بالزهد.

الزهد يجعلك تتأمل، والثراء يجعل المنطق يغيب.

يُغَيَّبُ العقل كلما كثرت من حولها الملذات.

من أجل التركيز تجرّد من كل الماديات

التجرّد من الماديات، يجعلك تجمع التساؤلات

والتساؤل يجلب الإشكاليات.

والإشكاليات تضطر العقل لإيجاد الفرضيات.

والفرضيات منها الحلول، ومنها التي قد تصبح حلولا في يوم من الأيام.

حلول الأمس قد لا تصلح اليوم.

وحلول اليوم قد لا تصلح للغد.

لكل عصر حلوله المناسبة لإشكالياته التي يطرحها.

التأقلم يعني أن تتجانس المادة لكي تتسع القالب

الحياة..

لقد ولدت لكي أصبح مهما

الولادة ليست عبثا، بل العبث أن تدع حياته تمر مرورا
سطحيا.

لن يموت أرسطو ولو بعد ألف سنة.

سوف يرى الجميع بأن الموت هو موت جزئي،
وطالما يسمع الناس كلامك فأنت حي.

الحياة حيوات ويجب أن تنجح في كل حياة، أي في كل مرحلة لكي تنجح في الحياة عموما.

في كل مرحلة، يحدث آمر يجعل الحياة أجمل، ويجعلها تستمر.

في الطفولة تتعرف على نفسك.

في الشباب تبحث عن هدف.

في الشباب المتأخر تبحث عن شريك.

مع التقدم في السن تحاول أن تقبل نفسك

وآخر مرحلة تنظر إلى الوراء لكي تتدارك ما فاتك، وأيضا أن تنظر إلى نفسك لتتعرف على ما ستدركه إلى الأمام.

الموت هو موت الجسد المادي، ولكن الروح لا تموت

الروح جاءت من الماضي، لذا هي تعي الكثير، وما علينا إلا أن نقوم بتذكيرها بأمور هي في الأصل تعرفها وتعيها

الوعي يعني إحياء الذاكرة.

التعليم..

المعلم مهم، ولكن المتعلم هو الأهم

المتعلم مرآة معلمه.

المتعلم هو أرض خصبة تزرع فيها المعلومات، فتكبر غابات وجنات أو مستنقعات، فالنبات يكبر في كل أنواع الأراضي، ولكن يكبر نافعا وساما.

لكل معلم أسلوبه والأسلوب المحبوب يجعل المعلم

محبوبا، والدرس سهل الاستيعاب.

للمعلم رسالة، وهي أن يرى تلاميذه معلمين يوما ما.

وعلى التلميذ مسؤولية وهي أن يرى معلمه راضيا عما تعلمه منه في يوم من الأيام

المعلم من يتناقش في كل انشغالات تلاميذه دون الخجل من جمود أفكاره.

فالماء أحيانا يتجمد، والبحيرات تتجمد.

هدف التعلم تشرّب العلوم.

وسعر التعلم الوقت والجهد.

ونتيجة التعلم معلم بلا شكّ، معلم في أي مجال كان.

الشعر كلام الشياطين، وتسلية السلاطين.

الشعر يجعل العقل في توازن والمشاعر في اتزان.

الشعر يدغدغ الروح، ويخاطب الوجدان.

الشعر كلامه يأسر القلوب.

كلمات لها القدرة على سحر الآخر

وكلمات لها القدرة على جذب الآخر

كلمات تجعل القريب بعيدا والمستحيل ممكنا وليس
محالا

للشعر ربته.

وللشعر مَلكَته التي لا يروّضها إلا شاعر حكيم.

يجب أن تتوفر الحكمة في رجل لكي ينطق شعرا.

الشعر ابن الحكمة.

ومَلكَته ابنة ربّة الجمال، لأن الشعر يبث الجمال في
الجلسات والسهرات.

الإنسانية..

الإنسانية هي أن تحمي نفسك من الصفات الشيطانية، وأن تتخلص من الصفات الحيوانية المتوحشة والمفترسة.

الإنسانية أن تبتعد عن جانبك الحيواني قدر الإمكان، وأن تتحكم في الغضب والجشع.

أن تضبط أعصابك وأن تتعلم الهدوء، عندما تهبّ العواصف البشرية أو العواصف الحربية.

الإنسانية أن تكون أنت في أرقى حالات خلقك الأصلية، الحالة الأولى للبراءة والطهر والنقاء.

تراك عيون الآلهة حين تتسم بالإنسانية لأنك تصل إلى أرقى مراحل تكوين الإنسان، تصبح ذاتك الحقيقية وبوجدان نقي تشبه صورة خلقك الأولى

ايمانويل كانط

كان إيمانويل كانط رجلا هادئا نبيلا، يتكلم بهدوء وبنبرة صوت هادئة، وقد كان يقول كلاما موزونا، ويفكر للحظة فيقول كلاما قد فكر فيه، لا يتكلم عبثا.

لقد كان لديه حسّ فني، ويحب الفن، ولكن ليس كممارسة أو هواية، بل يحبه للتمتع بالنظر.

فيقول عن الفن:

تأمل الفن يسمو بالروح، ويجعلك تعيش تجربة فريدة

أنك ما إن تقف أمام لوحة فنيّة أو أي عمل فنيّ فإنك تخرج في تجربة فنيّة، وتسرح في عوالم مختلفة، دون أن تعي فعلا تلك التجربة التي مررت بها، ولكنك تشعر بطعمها اللذيذ الذي تجده لازال على طرف لسانك.

تذوّق الفن، لا يعني أن تصدر أحكاما

ولا أن تبدي رأيك بالإيجاب أو السلب، بل هو يعني أن تحيا التجربة الفنيّة دون شرط أو قيد.

الإبداع..

الإبداع يولد بعد معاناة وألم

الإبداع يأتي نتيجة الألم

الإبداع يتحكم بك ولكن لا يمكن أن تتحكم به

الإبداع هو سيل وإن بدأ فانه لا يتوقف.

وإن لم تر بوادر المطر، فلا تنتظر أن تصبح الأرض الدافئة الخضراء.

الإبداع خلق للأشخاص المبدعين ولا يمكن للأشخاص العاديين أن يعرفوا طعم الإبداع

الإبداع مثله مثل الأخلاق والجمال نصيب من له منه نصيب

لا تتوقع أن تصبح متميزا، إن كان تفكيرك محدودا أو عاديا

إن لم يكن لديك سماء للإبداع، فلا تنتظر أن يمطر لسانك بكلمة حكمة واحدة.

الإبداع جزء من روح المبدعين.

التفكير العقلاني

الفلسفة أن لا تقيّد عقلك بالمنطق.

كلما عزمت أنه لا وجود للامنطق، كلما فقدت المنطق،
وكلما ابتعدت عن الفلسفة.

الفلسفة لا تقبل حدودا ولا قيودا.

ولا تتقيد بمنطق أو عقل

التفكير العقلاني أن لا تفكر بعقل على الدوام.

المنطق ابن العقل، والعقل من صنع الآلهة

العقل ابن الآلهة

المنطق يجعل للفلسفة حدودا.

الروح والجسد

يعاد إحياء الأرواح في أجساد مختلفة.

ويعاد إحياء الأجساد بأرواح مختلفة

قد تعرف الأرواح بأن لها امتداد بعيد من الماضي،
ولكن الأجساد لن تعرف بأنّها قد خلقت في السابق،
وهي اليوم كصور أخرى.

إعادة خلق الأرواح أقوى من إعادة خلق الأجساد.

خلق الأرواح يجعل العلم يصبح علما آخر، لأن العلم الذي تحمله بداخلها أحيانا يتخمر، وأحيانا يصعد إلى السطح لا محالة، وأحيانا يصعد معلم آخر، ولكن بالطبع له علاقة بالعلم الأسبقي الذي يعيش في الروح.

ولكن خلق الأجساد من جديد، لا يكون إلا صورا جميلة، لأجساد خلقت في السابق، وربما في السابق البعيد.

فيثاغورس

الحكمة..

الحكمة أن ترى ما لا يراه غيرك، وأن تسمع ما لا يسمعه غيرك

الحكمة أن تتواصل مع الكون، بينما غيرك يعيش فيه فقط

التقدم في العمر بدون العمق في الحكمة لا فائدة منه، بل هو مجرد اقتراب من الموت بينما التعمق في الحكمة هو انفتاح على الحياة الأخرى.

الحكمة في سباحة الروح في عوالم وأكوان، وعليك أن تطلق لها العنان بالتأمل.

الحكمة أن تعلم لا أن تدعي علما لا تعلمه

فالجاهل هو من يدعي أنه عالم بلا علم، هو زاد له

أن تتأمل الكون لا يعني فقط أن تراقبه

الزهد..

الزهد أن تتجرد من الأفكار قبل أن تتجرد من مظاهر الحياة، التي تجعل منك تابعا لها

العبودية هي أن تخدم أي شيء رغما عنك، وأي شيء وليس فقط أي شخص، أن تخدم شيئا بتلك الطريقة والتفاني والتعب وبدون رحمة فأنت عبد له.

كلما ما خلق في هذا الكون يعزف نوعا من الموسيقى، ولكن ليست كل الأذان تتقن الإصغاء

الموسيقى التي يعزفها الكون توصل لنا العديد من الرسائل الكونية، والتي إن فهمناها تساعدنا على اكتشاف أمور أكبر بكثير من التي تعلمناها.

الإصغاء للطبيعة فن يجهله الكثيرون، بل أغلب الناس يجهلونه.

الروح..

خلق الروح قد سبق خلق الجسد

وليست الروح كالجسد

الجسد محكوم بالفناء، ولكن للروح طبيعة خالدة

لا يمكن التواصل إلا مع الأجساد التي بها أرواح، بينما يمكن التواصل مع أرواح ليست في الأجساد

الأرواح تنقسم، والأجساد تنقسم، وكل له طريقته في الانقسام.

الأجساد تتنقل بين الأماكن والأرواح تتنقل بين العوالم.

الأرواح أقوى من الأجساد

يمكن للأرواح أن تحافظ على قوتها فالأرواح لا تشيخ، بينما الأجساد بمرور الوقت تشيخ، وتهرم وتتهاوى.

الأرواح تحافظ على قوتها بمورو آلاف السنين وأكثر والأجساد لا تتحمل إلا بضع سنين.

الروح لها جنس ذكر وأنثى

أرواح الذكور لا تسكن إلا أجساد الذكور، وكذلك الأمر بالنسبة لأرواح الإناث

فالروح هي التي تقود الجسد، وهي تعلم كل ما يجب علمه بينما الجسد يتعلم وكل يوم يتعلم ومنذ صغره وهو يتعلم، حتى يكبر ويستمر في التعلم..

الأجساد لا تسكن أرواحا بشكل عشوائي، بل هي في رحلة بحث دائمة عن أجساد تناسبها

لكل روح رسالة، ولكن الأجساد هي من توصل تلك الرسائل.

الأرواح لا تنتقل من جسد إلى جسد بل تتوارث

الشاعر اورفيوس

روح أجدادي تتغنى بشعر لست لحد الآن أفهمه

ولكن روحي متصلة بمن بفهمه

الشعر روح، وروحي تدركه

وليس غيري مثلي يفهمه

عجزت عن تفسير بيته

ولكن البيت لمن يصر على فهمه

يهدمه

عليك أن تفهم الشعر بروح هي تعرفه

لا أن تفسره بعقل أنت تجهله

الاكتمال

شخصان شخص واحد

علاقة تآلف

جسد واحد

روح موحدة

في الخلق كانت روح واحدة

حب عشق لهيب

جنون التعلق

عشق التملك

شعور الاندماج

تلامس

تناغم

انسجام

لقاء أرواح

لقاء أجساد

علاقة التوحد

علاقة الاكتمال

عنان الروح

أطلق العنان للروح

فسوف تسمو إلى الأعلى

أو تنحدر إلى الأسفل

وحيث تستقر آنت تنتمي

لا تحاول أن تسحبها من الأسفل

ولا تحاول أن تسحبها إلى الأعلى

فمكانها حيث استقرت

ولكما سحبتها أنت تخسر وقتك

فقط لا أكثر

اتبعها إلى عالمها الشيطاني

أو اتبعها إلى جنة الفردوس

وهكذا سوف تصل إلى تجلياتك

اتبع ما قدر لك

اتبع القدر

قدرك يقودك

فلا تعترض

ولا تعاكس التيار

انتصار ونار

سوف تشعر بالحب مضاعفا بعد الحزن

الحب اختيار

والوفاء اختبار

والحزن قدر بإصرار

الحب لا يحتاج عيونا ولا إبصار

والزواج للحب انتصار

الموت هو من جنة الحب فرار

البعد نار

واللقاء عش ودار

الجمال يزيد على الحطب النار

والصوت الناعم ريح تلهب الأشجار

النبض

هل يستطيع القلب أن ينبض مرتان

لا ..

لا يستطيع

إذن ..

فالقلب يحب مرة واحدة

القلب ينفتح مرة لكي يدخل فيه شخص ما

وليم شكسبير

الشعر روح المسرح.

المسرح جاف، وعندما ينطق بالشعر يصبح بروح.

تقبل منك قلّة الأدب في الحانات، وفي الأدب.

قلّة الأدب يعجب الناس عندما تكون من سكير أو
أديب.

قلّة الأدب تحضر بحضور الخمر، وملكة الشعر،
والأدب

أن تكون أديبا، فهذا يعني أن تعطي أكثر من وقتك للأوراق، ولو أن حدث ولم تكتب عليها شيئا فقط تأملها، ذلك يعني أن تعطيها أكثر من نصف وقتك

وما تبقى من وقتك كن حكيما، وقسمه بنظام على الأكل والشرب، والنوم والزواج، ووظائف أخرى، منها أن تكون معيل أسرة وأبا.

الأدب يغار من الزواج

والشعر ينفر من الزواج

والزواج يحب التملك، وأن يستحوذ على كل وقتك بضروريات وكماليات، وواجبات وتفاهات.

الزواج هو مسمّى آخر لعلاقة الرجل بالمرأة، العلاقة الجسدية، وفيه يحلل أن يولد الأطفال ويحبذ أن يكونوا أول الأهداف بعد هدفك في أن تجد الشخص المناسب لقضاء حياتك الأبدية معه.

أحد أهم أسباب الزواج هو إيجاد شريك للحياة الأبدية.

بالزواج المرأة تمتلك رجلا والرجل يخسر كل النساء ما عداها هي.

الطفولة هي أساس الرجل، والبلوغ هو أساس المرأة

البلدان فنادق للأرواح

والبيوت قبور للأجساد

والأرواح هي سبيل التخاطر

الثقافة هي الموروث الذي لا يموت

والأدب هو التركة التي كلما تقسمت زادت، وسوف تكون أكبر تركة دائمة، وورثتها لا ينتهون.

ويقول في مقام آخر بينه وبين نفسه:

إن تعلمت عن العظماء أصبحت عظيما، وإن تعلمت عن الضعفاء حافظت على ضعفك.

العلم زاد، وكلما تزودت به وجدت حمله خفيفا، فأردت المزيد.

والعلم منبع، والجوع العلمي شعور صحي، فكلّما تناولت منه، كلّما شعرت برغبة في تناول المزيد، لأن الجوع لا يختفي حين تنهل من ذلك المنبع، وأنت تتناول الكثير ولا تشعر بالتخمة.

تعطش الناس للحب سوف يجعلهم يغرمون بقصص الحب الخالدة، والحب لا يخلد إلا بموته عكس الخلود الذي نعرفه.

شخصياتي تحب الخلود على الورق، وفي ذاكرة الناس.

شخصياتي حررتها من سجن كانت تعيش فيه، وأصبحت موجودة على الورق، وسوف تبقى كذلك، ارتباطا باسمي الذي لن يموت بموتي.

الحبك القوية هي حبك غير مفهومة والأخلاق القويّة هي أخلاق سامة يتخلق بها كل ندّ لشخصياتي فيكون النقيض لأبطالي.

أرى كل من عرفتهم في حياتي على أوراقي، وبين تفاصيل شخصياتي، سواء بالكثير أو حتى بالشيء القليل.

المسار الدرامي يصنع الحدث.

والذروة تفجر الحل.

والنهاية تولد بفضل كل المسار للقصة.

السياق الزمني غير مشروط لأن الأحداث ترتبط بالبشر، وبالمسلّمات أكثر من ارتباطها بالخيم والبنايات

السعادة شعور مسروق من الأبدية

والحزن مخلوق دنيوي غير راض بما هو عليه.

الأطفال مخلوقات جميلة، ولكنهم مستهلكون،
يستهلكون كل حياتك إن سمحت لهم بفعل ذلك.

سحر الحياة في النجاح.

والفشل والخسارة هما مقبرة الجسد الفاني، واستعجال
لفنائه قبل أوانه.

السلام الداخلي طفل صغير، ولكنه لا يكبر مع مرور الوقت، وإن هو كبُر فإنه يشيخ بسرعة فائقة، لتجد نفسك وحيدا بلا هويّة.

لا تستطيع أن تصبح خادما في بلاط ملكي بسهولة، وربما لن تستطيع فعل ذلك أبدا، ولكنك تستطيع أن تصبح ملكا في مجالك، وما عليك إلا اكتشاف ما هو ذلك المجال حقا، ثم بذل جهد لا يبذله غيرك وإن حدث وتفوق عليك أحد بعد ذلك، فاعتبر نفسك ملكا فاشلا، وقد تمت هزيمته أو ملك تمت الإطاحة به، وسحب البساط من تحت رجليه، ولكن.. سوف تبقى دوما ملكا.

لا تزاحم الناس على ما هم متميزون به، إلا إذا كانت لديك أسلحتك الخاصة، والتي أنت متأكد بأنهم لا يمتلكونها.

نجاح الحرب بنجاح خطتها، ونجاح المسرحية بحبكتها.

نجاح الملك بوزرائه، ونجاح الشاعر بملَكَتِه الشعريّة

نجاح الرجل بقوته الجسديّة، وحنكته الفكرية، ونجاح المرأة بذكائها، وليس بجمالها.

الجمال يجذب الذكور، والذكاء يجذب الملوك.

للمرأة قدرات عقليّة إن استعملها نجحت، وإن وجهتها إلى أمر تافه نجحت فيه أيضا.

ألبرت اينشتاين

العقل مثل الكرة الأرضيّة، كلّما اكتشفنا فيه أماكن توسعنا في العلم، وهناك أماكن لا تكتشف أبدا.

ولكنّه لم يتحدث عن الماء واليابسة.

الرجل هو الماء، والمرأة هي اليابسة، فإن سمحت له بالانسياب في تفاصيلها، لن يبحث عن أرض يستقر فيها غيرها.

العقل بحاجة إلى التأمل الدائم من أجل العمل الجيّد والإنتاج الخصب.

العقل هو أهم جزء في البشر.

العقل يجعلك تَعِي الممكن، وتجعل المستحيل ممكنا.

العقل يسمح لك بالحرية المطلقة، وقد يسجنك في بقعة إلى الأبد.

اهتمامك بالعقل يعني أنك سوف تهتم بكامل الجسد.

وليام بونبارت

يقول ويليام:

الرجل من يملك السلطة.

السلطة هي سيف في يدك، تعدل به، وتظلم به.

سيف بحدين يمكنك استعمالهما على حد سواء، أو الميل إلى حد دون حد.

الرجل من يمتلك قلوب النساء الجميلات.

يعلن الرجل هزيمته، حين تكسره امرأة.

الحرب انتصار، والمعارك مناورات.

حين تقتل الرجال فأنت تنتصر في الحروب

وحين تلعنك امرأة فأنت تخسر في الحياة

المرأة هي الشخص الوحيد، القادر على هزيمة رجل شجاع.

المرأة تتفوق في كثير من الأحيان على ذكاء زعيم.

ذكاء المرأة في شكلها وخارجها، وذكاء الرجل في عقله وداخله.

سلاح المرأة في كل إنش من جسدها، وسلاح الرجل في آلة يمسكها بيده، أو رشاش أو سيف أو قلم.

التخطيط أساس المعارك، والهجوم بداية الانتصار.

والتراجع يعني الخسارة والاستسلام

خطوة إلى الأمام تجعل هدفك أقرب.

الثبات في مرحلة ما يستوجب عليك المراقبة والتركيز

كن كالمنارة شاهقا قبل أن تنير للآخرين

ضوء صغير في ظلمة كبيرة قد يهديك إلى المكان الصحيح.

أساس الذكاء هو التركيز.

أهم ما في الحرب هم الحُلَفَاء.

إن روضت النساء، روضت الأعداء.

وإن غلبتك امرأة، غلبك كل الأعداء.

ويقول عن نفسه:

أنا رجل لا أشبه الرجال.

لي سلطة وحكمة وذكاء.

استشير ولكن لا أشير

أمر ولا آخذ الأوامر

أنفذ قبل أن أعطي بالأمر أمرا

أنصت للجميع، واسمع ما يعجبني.

أقارن بين الكلمات، لكي أفهم ما وراءها

أخطط لخطواتي في منامي، وانفذ في صحوي

أقيد بعض الحركات، وخاصة التي قد تجر الندم.

الندم ليس عيبا، ولكن النواح عيب.

يبكي الرجل على ثلاث.

يبكي على والد أو والدة.

يبكي على زوجة وفيّة أو عشيقة شهيّة.

يبكي ربّما على ولد لم يعش معه كثيرا.

ولا يبكي على حروب ومناصب.

ولا على أموال، وسفن ومراكب.

الزمن يتغيّر، والقواعد ثابتة.

الصيغ تتغير، والحكم ثابتة.

الرجال كثير، والزعماء قليل.

الزعامة أن تكون قراراتك صائبة.

وأفكارك مرتبة على الدوام.

الليل للشهوات، والفجر للحروب، والقيلولة للتخطيط.
والمساء للسهرات، وتتخللهم أوقات ومناسبات.

أصدق القول لكي يثق فيك الجميع.

لا تقل ما ليس صدقا، واكتف بالصمت.

وللحديث بقية

ولازالت قائمة زبائن العيادة طويلة، منهم من جاء إليّ للفضفضة، ومنهم من أراد أن يفشي سرا، ومنهم من أراد مكانا للكلام بحريّة، والتعبير عن آرائه.

ومنهم من أراد أن يوصل رسائل لم تصل إلى الناس، منهم سياسيون وفلاسفة، وملوك وأمراء، ومشاهير وعلماء، وكثيرون، كثيرون...

وللكلام بقية...

يتبع...

Sommaire